푸른 바다 검게 울던 물의 말

푸른 바다
검게 울던 물의 말

권선희 시집

창비

차
례

제1부

제3부

제4부

제 1 부

징

굿당 차리고 을매 되지 않을 때였지. 한 날은 경주 안강 사는 노인네가 갑자기 눈이 안 보인다고 내를 부르데. 고추가 빨갛게 야물 때니 가을이었어. 가보이 마 그런 오두막이 조선 천지 또 있겠나. 엉기성기 수숫대에 흙 반죽한 벽은 기울고 변소도 옳게 읎는 외딴집에서 할미 하나가 구르듯이 기듯이 나와 이 굿쟁이를 맞데. 헛간보다 못한 방 윗목에 앉은 영감 반질반질한 골분 단지가 젤로 값나가는 살림 같더라. 방바닥을 베어 물듯 엎드려 빌고 비는 당달봉사 앞에서 징은 쳤다만, 사실 아무것도 안 보였어. 정처 없는 귀신들 다 불러제끼며 이 불쌍한 인생을 어찌하면 좋겠냐고, 죄 없는 눈은 왜 가렸냐고, 목이 쉬도록 따지고 대들어도 답을 안 주시더라 못 주시더라. 무당보다 더한 팔자가 가엾어 디립다 징만 쳤지. 징에 기대 내가 펑펑 울었지.

못 할 짓

느그 아부지는 요즘 날마다 메뚜기를 잡아다 잡숫는다
배추밭으로 논으로 한바퀴 돌면 꽤 잡아 오시거든
다리 떼고 나래 떼고 달달 볶아서 꼭꼭 씹어 잡숫는다
나보고도 자꾸 먹으라고 하는데
난 안 먹어, 못 먹어
고 볼록한 것도 눈이라고 잡으려고 손 내밀면 어쩌는지
아냐
벼 잎을 안고 뱅글뱅글 뒤로 돌아가 숨어
그래도 잡히겠다 싶으면 톡 떨어져 죽은 척을 해
살겠다고 용을 쓰는 거지 뭐야
다 늙은 것이 그 애처로운 몸짓을 어찌 먹나
못 할 짓이지

큰오빠 생일이면 앵두 발갛게 돋는 우물가에서
기르던 닭 모가지도 비틀던 엄마가

막내가 사나흘 몸 떨며 누웠을 때
후박나무 큰 가지에 흰토끼 매달고 단숨에 가죽 벗겨
옻나무에 고아 먹이던 엄마가

첫눈

목욕탕 구석 장판 깔린 간이침대가 일터인 여자
젖은 팬티 젖은 브래지어가 유니폼인 화자씨가
손님 얼굴에 오이 갈아 얹고
겨드랑이며 사타구니며 정성껏 때를 민다
힘들 때마다 성수 한바가지씩 끼얹어가며
날 때부터 굽은 등 숙여 밥을 번다

좋다고 달라붙은 사내가 하나 있었지만
눈 맑은 새끼도 하나 있었지만
이후를 말할 수 없다

외로운 물칸 떠도는 꽃의 자식
사네 못 사네 죽이네 살리네 대들어봤자
둥근 무덤 짊어진 죄만으로도
이번 생은 무조건 화자 잘못이었다

환갑 지나도 화자야, 화자야 불리며
목욕탕 휴게실에서 숙식하는 겨울
싹싹 비벼 빤 호피 무늬 속옷 창가 건조대에 널며

화자씨 맑갛게 웃는 이유

언니야, 첫눈 온다

흥 횟집

폭력으로 좀 살고 나온 아들이 제대로 한번 살아보겠다고 어미 명의 오두막 팔고 수협 대출 받아 차린 횟집 이름은 '흥'이었다. 젊은 놈 밤낮으로 이 악물고 장사하면 빚 갚고도 일억쯤은 우습게 쥘 거라는 계산에 어미도 찬모로 나섰다. '축 개업' 화환이 배달되었다. 바르게살기운동본부, 팔방조기회, 만불산악회, 선주협회, 79동기회가 대박을 기원했다. 헤어졌던 애인도 돌아와 카드단말기 작동 연습을 했다.

코로나 확진자 발생으로 횟집 문 닫았다. 수족관 도다리들도 허옇게 배를 뒤집었다. 재난지원금 몇푼 받으려면 폐업도 못 한다. 대출이자와 밀린 월세가 자꾸 술을 불렀다. 어찌어찌 다시 문 연 지 일주일 만에 벌금 삼백만원 물었다. 거리두기 인원 제한 어겼다고 신고한 후배 놈 찾아가 죽도록 팼다. 합의 본다고 쫓아다니는 사이 애인도 떠나버린 횟집 뒷방에서 어미 혼자 앓고 있다.

죽변 효자

봐라 김양아, 울 아부지 오시거들랑 씨븐 커피 말고 비싼
걸로다 꽉꽉 내드려라 영감쟁이가 요새 통 잠수질 않는다
뱃일도 접었지럴, 몸띠도 시원찮지럴, 할마시까지 갖다 묻
고 적막강산 같은 집구석에 칭일 들앉아 있으믄 부애밖에
더 나겠나 그래도 김양 니가 아부지요, 아부지요 하이 여라
도 가끔 들락거리는 기제 돈이 없구나 싶으면 니가 한턱 쏜
다 카고 두잔 내와가 같이 마시라 손도 쪼매 잡혀주고, 궁디
도 슬쩍 들이대고, 한번씩 오빠야,라고도 불러주그라 복 짓
는 맘으로다가 모시믄 그 복 다 니한테 갈 끼다 돈은 을매가
되든 내 앞으로 달아놓고

15

꽃도둑질

뒷집 텃밭 귀퉁이 소복한 시나나빠*
씨앗으로 남겨둔 걸 알면서도
가는 손을 마음이 못 잡더라

많이나 꺾었나
고작 한움큼 낚아채곤 누가 볼세라 들고 와
얼른 된장 풀어 끓였지

새끼 넷이 머리 디밀고
멀건 국에 늘어진 시나나빠 다투듯 건져 먹는데
가난 물고 태어난 저 입들을 어쩔꼬
가난 물려 내놓은 이 죄를 어쩔꼬
다 같이 죽어야 하나
문디 첩살이라도 가야 하나
돌아앉아 울었지

아직도 난 노란 꽃이 싫어
노란 꽃 오는 봄이 싫어
그깟 꽃도둑질이 뭐라고

시나나빠 볼 때마다 화가 나

* 유채, 월동초를 경상도 사람들이 부르는 말.

김종구씨 가족 김종팔입니다

갯메꽃 만발한 당사포 모래밭에서 술에 취해 눈알 시뻘건 종구씨가 종팔이를 삽자루로 두들겨 패고, 바닷물에 처박고, 나오면 또 처박고, 나오면 발로 차댑니다 갯가 오두막에서 뜨거운 여름 한복판을 지나는 식구라곤 단둘뿐인데 목숨이 목숨을 저리 팹니다 지랄맞은 놈도 주인이라고 물지 않고, 도망가지 않고, 가랑이 사이에 꼬리를 말아 넣곤 설설 깁니다 쌍욕 뒤집어쓰고 우는 저 개는 각시 죽고 혼자된 종구씨가 장날 난전서 안고 와 가족처럼 기대고 살자며 제 성 붙이고 돌림자 넣어 이름 지어준 김. 종. 팔이란 말입니다

서로

영감 살아선 큰댁 작은댁
물고 뜯고 눈물 찍던 사연

영감 죽고선 형님 아우로 꼭 붙어
소문에 맞서고 수모에 대들며

밥 떠먹이고 몸 씻기며 왔다 어느새
망팔(望八) 넘어 망구(望九)까지

자개농

상군 해녀 우리 고모 요양원 가시자 집 팔렸다

며느리 혼수 이불 모시고 좀약 갈아 넣던 자개농 한채
대형 폐기물 스티커 붙이고 대문 밖에 나와 젖는다

비만 오면 두들겨 맞던
몸의 멍이다

어린 새끼 맡기고 나서던 새벽마다
돌던 젖이다

단칸방 얻어 원정 물질하던
겨울 흑산도다

군불 지필 동백나무 생가지 꺾다
터진 눈물이다

물내 밴 몸으로 번 돈 받아 들고 나서던
흑산도, 다시 봄이다

이 빚 저 빚 다 갚고 자개농 월부로 들이던 날
종일 퍼붓던 비다

누명

1967년 겨울 감포 부잣집 노인이 죽었다

그날 밤 김씨가 관수에게 돈을 주며 떠나라고 했다

집도 절도 없던 외톨이 관수는 경주발 청량리행 새벽 기차를 탔다

김씨네 장롱에서 피 묻은 칼이 발견되었다

조사받고 돌아온 김씨가 농약을 마셨다

범인은 죽으면 안 되는 거였다

사라진 관수라도 잡아넣어야 하는 거였다

소년원부터 12년을 살았다, 이후에도 관수

개명하고 항구 옮기며 바다에 진술서를 쓴다

살인의 대본을 읽는다

살아서는 죽어도 못 내려올 무대

죽어서도 못 지울 지문이다

협화음

다마네기 왔습니다 방금 뽑아 온 햇다마네기 두자루 오천
원 다마네기 왔습니다 다마네기 다마아~

──아카시꽃 벙그는 염창골 골짜기를 돌아 나가는 트럭
하나

화장지 왔습니다 화자앙지 부드럽고 질긴 화장지 사러 나
오세요 잘 닦이는 화장지 오래 쓰는 화자앙지~

──포구나무 아래로 또 트럭 듭니다

다마자앙지 왔습니다 방금 질긴 햇화장네기 잘 닦이는
두자루 사러 부드러운 오천원 왔습니다 오래 쓰는 다마네
지이~

──외길에서 주춤거리는 두 트럭 사이로 누렁개 지날 때

개 왔습니다 방금 뽑아 온 햇개 삽니다 부드럽고 질긴 오
천원 두자루 사러 화자앙지 오래 나오세요 발바리도 잘 닦

24

이는 햇다마네기 삽니다~

　　── 앗, 이번엔 고등어 트럭입니다

　　눈을 감았다 떴다 하는 질긴 발바리 두자루 왔어요 부드
러운 고등어 뽑아 온 부산 햇다마네기 나오세요 씨발 발바
리 차 빼라 이 새끼가 잘 닦이는 화장네기 사러 왔습니다
방금 부드러운 오천원 빼라니까 어따 대고 뽑아 온 햇개 새
끼야~

삼식이는 함부로 꺼지지 않는다

열십자 삐또롬한 이정표 아래
숭어 전어 오징어 문어 번개처럼 왔다 가는 새벽 난전
가을이라고 삼식이들 떴다

온몸에 얼룩덜룩 문신 새기고 입 떠억 벌린 채
인도를 가로막고 있다
물 밖으로 나와서도 기죽지 않는 건
부레 때문이 아니다
빵빵하게 부푼 저 어깨들 꺼지지 않는 건
삼식이 시절에 삼식이 피었기 때문이다

한마리 삼천원이
다섯마리 만원 되는 흥정 끝나면
지느러미 떼이고 주둥이 잘리고
내장 울컥 쏟아져도
삼식이는 그래도 삼식이
오징어 똥 전어 뼈 숭어 비늘에 엉켜도
빵빵하게 부푼 저 연대의 뻑은
함부로 꺼지지 않는다

깔때기국수*

망사리 가득 돌미역 짊어지고 나오면 초봄 추위 득달같이
달라붙지요
　큰애가 막내 업고 모래밭 오가며 엄마 온다, 엄마 온다

　해녀는 엄마가 되어 오목한 바위 밑에 불 피워 솥 걸고
　젖은 물옷 반쯤 걸친 채 밀가루 반죽 치대어 깔때기를 뜹
니다

　성난 젖 짜게 물고 눈 맞추는 막내 이마 쓰다듬는 동안
　풀떡풀떡 끓는 갯것들 묽은 끼니는 왜 이리도 구수할까요

　맨살 허벅지에 얼룩덜룩 핏줄 선 엄마가 몽돌밭에 차린
성찬
　언 입술 둘러앉아 홀홀 불며 서로 눈빛을 떠먹습니다

* 해녀들이 물질하다 나와 바닷가에서 끓여 먹는, 칼국수와 수제
　비 중간쯤 되는 음식.

문상

이장님 승합차 타고 마을 사람들
엊저녁 숨 놓은 막례씨 문상 갑니다
여전히 역병이 입을 막는 날들이지만
요양병원 면회 한번 가자, 가자 하고도 못 간 게 걸려
다들 성한 데 없이 절뚝이는 와중에도
부의금 흰 봉투 확인하고 확인합니다

새끼 초상 치르던 봄
허옇게 까무러친 몸 흔들며
흰죽 떠먹이던 아침
너 죽고 나 죽자
머리채 잡고 뒹굴던 골목
보복을 다짐하며 험담 나르다가도
꽃모종 나누던 마당
돌림병 창궐하는 와중에도
한편 먹고 몰려가 물리치던 소문들

고만고만한 살림과 고만고만한 사연들이
돌담 긋고 허물며 산 세월 데리고

시티병원 장례식장으로 막례씨 만나러 갑니다

위험 구간

사랑으로부터 멀리 달아나지 못한 마음엔
불현듯,이라는 구간이 있다

장마 한복판 사거리 이정표 아래서나
산마루 노을 질 때 걸리는 붉은 신호등
횡단보도를 지운 폭설 앞에서
함부로 펼쳐지는 사랑의 구간

어쩌면,이라는 비보호 좌회전
성급히 지나온 과속방지턱
멈칫거린 황색 경고등이나
그럼에도,라는 가로수
불안을 단속하는 구간 속도 측정 카메라와
부디,라는 유턴 표지판

어쩌자고 우리가 만났나 싶다가
어쩌자고 우리가 헤어졌나 싶다가
다시 페달을 밟는 초록 신호등

사랑으로부터 멀리 달아나지 못한 마음엔

작살나고도 정신 못 차린

박살 내고도 지우지 못한

위험 구간이 있다

제 2 부

어떤 환갑

작년 봄에 혼자된 친구가 얼마 전 선을 봤다 캅디다. 마누
라 생각하면 애간장이 녹지마는 너른 과수원에 죽자 사자
복숭꽃은 피고 손은 달리니 새봄이란 것이 살아도 사는 게
아니더랍디다.

어찌 알고 붙은 중신어미가 내미는 여자 역시 사별한 촌
댁이라 크게 맘 없어도 일단은 보자 했답디다. 먼 데서 고만
고만하게 사는 자식들 걱정도 덜 겸요.

그런데 조건이라는 게 현찰 일억을 통장에 꽂고 월급 택
으로 몇십만원씩 다달이 넣는 거라대요. 호적에도 못 오를
몸 밤낮 없을 밭일에 늙어갈 새 영감 치다꺼리까지 하다 덜
컥 죽고 나면 버려질 생은 누가 책임지냐고요. 그 말도 맞
지요.

혼자 살다 비비 말라 죽어도 이런 거래는 아니지 싶어 결
국 파투 낸 친구가 강소주 같은 노을을 짊어지고 마누라 무
덤에 엎어져 꺼이꺼이 이랬다 캅디다.

"여보게, 자네가 일억도 넘는 고귀한 사람인 줄 내는 왜 여적 몰랐을꼬 참말로 미안했네."

기다렸다는 듯

종합운동장 맞은편 2층 유방외과에서 오른쪽 악성 종양
진단 받았을 때
　기가 찼다 계단에 주저앉아 도로를 질주하는 낙엽들 바라
보며
　암만, 시인 생에 병마 하나쯤은 다녀가야지

　암 병원에서 오른쪽, 왼쪽, 림프 전이까지 있다는 말 들었
을 때
　아찔했다 이번 생은 조졌구나 생이 화투판이라면
　화끈하게 판을 엎어야 할 때가 아닌가

　수술 후 문드러진 가슴에 빼또롬하게 꿰매 붙인 젖꼭지
　난감했다 감각도 없는 성감대 따위 확 밀어버릴 것이지
　더는 볼 놈도 없을 텐데

　방사선 치료 전, 남자가 내 가슴에 보라색 십자가를 세개
나 그릴 때
　웃었다 이 양반 하필 밥 버는 일이
　종일 낯선 여자 초토화된 젖퉁어리에 십자가를 긋는 것이

36

라니

　요양병원 내 옆 침대, 어린이집 원장이었던 마흔네살 여자
　겨우내 밥 한숟가락 못 넘기고 말라가다
　벚꽃 피자 죽어 나갈 때
　친정어미가 벽에 걸린 가발을 챙길 때

　씨벌노무 인생, 기다렸다는 듯 눈물이 시작되었다

배웅의 자세

 2022년 5월, 구룡포읍 하정리 어장에서 참고래가 발견되었다. 정치망 그물에 걸려 죽은 채 끌려온 고래는 수컷으로, 길이 18.5미터 몸통 둘레 4.8미터 꼬리지느러미 3.7미터에 달했다. 길게 빠진 성기가 물살에 불었다. 사내들은 역시 고래좆이라고 시시덕거렸다. 참고래는 해양보호종이라는 이유로 폐기 판정이 났다. 위판 시 5억원 정도 수입을 예상했던 어민들은 아쉬움에 혀를 찼다. 돈이 될 수 없는 것, 골칫거리로 남은 고래가 누운 판장 너머 바다가 출렁였다.

 전기톱에 두토막 난 고래가 트레일러에 실려 간다. 목구멍 잔뜩 부푼 고래가 '폐기'라는 붉은 낙인을 안고 동해안대로를 달린다. 앞서는 몸통과 뒤따르는 머리 어디에도 덮개 한장 없다. 응고된 핏빛 덩어리로 버려지는 고래, 우회전 좌회전 교차로를 건디며 쓰레기매립장으로 가는 고래를 아카시아 향기만이 상주로 따랐다.

 포클레인 두대가 구덩이를 파고 고래를 묻었다. 쓰레기들 펄럭이는 광활한 매립장 어디에도 먼 옛날 아비였던 고래이거나 고래였던 아비에 대한 경배는 없다. 까마귀떼가 나부꼈다. 죽음마저 비웃으며 샤먼의 북채를 빼앗은 사람들은 고래 뼈를 추려 바다로 돌려보내지 않았다. 신과의 약속을 까맣게 잊은 뭍것들이 뭍것에게 또 죄를 짓고 돌아 나갔다.

해수탕 승천

활력을 증진한다는 폭포수 맞으며
심호흡 중인 사내 등에 늙은 용 한마리 업혀 있다

젊어 시퍼렇게 새긴 꿈은
포구의 동방을 다스리는 태세신
비와 구름, 바람과 천둥 번개 좇아
사시미 칼 휘두르며 설쳤으나
동쪽으로 환한 길 열겠다고
뺑치고 등치며, 찌르고 찔리며 길길이 날뛰었으나
슬어놓은 새끼 하나 품지 못했다
칠십 평생 피붙이 가슴에 대못질만 해댔다

허드레 뱃일조차 버거운 몸이지만
힘찬 물세례 받는 시간만큼은
경로 우대 할인 목욕권 같은 패도
삑사리 만발한 생의 막판에
선빵 화끈하게 날릴 희망일 수 있겠다

업힌 용이 꿈틀거린다

몸 추슬러 비늘 세우고 낡은 어깨 꽉 문다

말년

우리 영감이 올개 구십 하고도 두살이나 더 잡쉈다 아잉
교 다리만 멀쩡하믄 걷는 폼이나 나지럴 마 희뜩 구부러지
드만 다리를 둘 다 뿌가가 오줌똥 싸제끼믄서 들앉았니더
젊어서는 승질이 하도 불같아 온 천지 길길이 뛰쌓는 바람
에 저노무 인간 은제나 늙나 했는디 환갑 진갑 넘어도 기집
질을 해싸서 사람 되기 글른 저노무 영감 은제나 뒈지나 했
는디 막상 말년에 저래 빙신이 돼가 들앉았으이 밉다 밉다
카믄서도 불쌍니더

　내는 그나마 걸어나 댕기니 이래 장에도 오고 글치마는
실로 걸으믄 다리가 아프고 누우믄 허리가 아프고 세월이
문디 같더니 세상에 오는 일도 숩지는 않고 죽자고 살아내
는 일도 만만찮지만 돌아가는 거는 참말로 디요 그래도 이
번 세상에선 내 영감이니께 우짜든동 내 손으로 치와드려야
도리지 싶아가 침 맞으러 안 왔능교

당굿 무렵

이장네 큰아들이 손가락 두개를 끊었다

징집되지 않았으나 살아내지도 않았다

공장 사장 집 식모살이 갔던 누나가 넋을 잃고 돌아왔다

고모부가 주지로 있는 절에 가두었다

바위틈으로 들어간 염소들은 돌아오지 않았고

연못은 몸을 줄였다

뒷산에 큰불이 나 가을이 검게 탔다

제당 느티나무가 금줄을 둘렀다

건들바람

방앗간 귀자 아부지와 반찬집 과부댁에게 분 바람을 시장 사람들 다 알아도 귀자 엄마만 몰랐다지 근질거리던 입 하나 터진 날 과부댁 머리채 잡고 장바닥을 굴러도 잦아들지 않던 바람, 보란 듯 불던 바람 아침나절 당당하게 나서는 귀자 아버지 종일 과부댁 서방으로 살다 저녁답에야 돌아왔다지 사네 못 사네 가슴 치면서도 한숨 섞어 고추 빻고 기름 짜던 귀자 엄마 그 바람 쳐죽일 칼만 갈았다지

어느 날 부뚜막에 쓰러진 귀자 엄마 곁에 떠억 선 됫병 소주 빈 병에 그만 귀자 아부지 몸에서 바람이 빠졌다지 곰마냥 큰 마누라 들쳐 업고 과부 집 가로질러 제일의원으로 달렸다지 술 근처에도 못 가는 귀자 엄마가 됫병 소주를 다 마셨는지 꾀 많은 귀자 엄마가 두어잔 마시고 열연을 펼쳤는지 아무도 모를 일이지

그날 이후 기계 소리 쿵쿵 절굿공이 찧는 소리 힘찼다는 귀자네 방앗간 바람 따위 분 적이나 있었냐고 마주 앉아 참 먹는 내외 훔쳐보던 과부댁은 바람 한점 없는 장터 등지고 남해로 떠났다지

보고 자파 죽겄소

거기도 여기처럼 비가 온다는 저녁
목포에서 배로 가면 두시간이요
차로 가면 한 이십분 걸린다는 섬에서 전화가 왔다

진돗개와 풍산개 잡종에게 진풍이라 이름 붙여 데리고 사
는 조씨가
욕하는 재주, 술 마시는 재주, 그림 그리는 재주뿐인 조
씨가
카스테라에 잎새주 놓고 빗줄기 내다본다는 조씨가
밑도 끝도 없이 그년들이 보고 자파 죽겄단다
욕쟁이 술쟁이 그림쟁이라도 지들이 먼저 좋다고 해놓고
돈 떨어지니 다들 가버리더라며 시부렁시부렁 한다
보고 자픈 이가 총 몇이나 되냐 물으니
이름도 기억 안 나는 얼굴은 여남은명 되는데
정녕 그리운 건 딱 셋이란다

내 새끼 낳아준
그 새끼 벌어먹인
울 엄마 죽을 때 나 대신 지켜준

크리스마스이브들

코로나로 면회조차 금지된 크리스마스이브
물 좋기로 소문난 청담동 여성 전용 암 전문 요양병원
13층 복도 끝 방

위암 말기 황.선.희는 밥 못 먹은 지 한달째 모가지만 길어
지고
유방암 2기에 림프 전이가 있는 권.선.희는 방사선 치료에
곤죽이 되어 누웠다
똥줄이 불편한 대장암 박.영.이는 비스듬히 걸터앉아 신
랑 생일 선물로 스웨터를 짜고
혀 밑 움푹 도려낸 침샘암 이.경.자는 닭발 국물을 데워 마
신다

택배 상자 가득 단팥빵이 왔고 옥수수차가 끓는다
박영이가 황선희의 등을 쓸어내린다, 말없이
이경자가 황선희의 부은 발을 주무른다, 말없이
권선희가 커튼을 걷었다

창 너머는 하필 눈발 치는 크리스마스이브

로터리 대형 트리 축복이 온 누리 다 퍼져도 닿지 않는
끝 방, 민머리 이브들 언니와 언니와 언니가 되어
서로의 눈길을 쓸고 있다

박봉순 집사의 명약

산비둘기 두마리가 마당으로 놀러 옵디다
처음엔 근처만 가도 기겁하고 날더니
이내 마루까지 기어들데요

고걸 본 우리 교회 목사님이 주님 은혜라시며
미친 듯 쪽골 쑤실 때 포삭 고아 먹으면
씻은 듯이 낫는다 카데요

보리쌀 던지고
강냉이 던지고
멸치 대가리까지 던졌지요
콕콕 잘도 주워 먹습디다
라면 상자로 콱 뒤집어씌웠지요
늙은이 기도가 약해 한 놈밖에 못 잡았지만
그게 어디냐 싶어 감사 기도 올렸지요

우리 손자가 여덟살인데 참말로 똘똘해요
아 글쎄 먼저 잡은 놈을 상자에 넣고 그물로 덮어
달아난 놈을 유인하라대요

이틀 꼬박 마당에 둬도

저들끼리 신호를 주고받는지 당최 안 와요

어쩌겠어요 다 주님 뜻인걸요

자꾸 날 묵히면 약효 없어진대서

내일이나 모레나 조놈이라도 해치울라고요

택배

광덕사가 있다는 충청도 어느 마을
광덕(廣德)한 산자락 아래 그대에게
택배 보냅니다 흠뻑 젖은 돌미역 둘둘 말아 쑤셔 넣으며
겹벚꽃잎 날리는 바닷가에서

사위질빵꽃 피던 당사포 돌담은 지난해 태풍에 무너졌습
니다
눈물과 기도는 여전히 시가 되지 않습니다
십자가에 거꾸로 매달린 사주로도
시에 가까이 가지 못하고 있습니다

좋은 것 먹고 좀더 살자고
미역귀는 암놈으로 골라 보냅니다
씨앗을 맺은 몸이라서 흠뻑 자유롭던 시절입니다
그대와 함께 병(病)에 들어 기쁘다고 해도 될까요

빈정거리는 자본

좌초된 채 침몰한 만장호 유족들이 힘차게 깃발 올렸던
합동 분향소가 저녁상을 차리지 않는다
인양 작업은 이루어지지 않을 것이며
시신 떠오를 것이라 믿는 사람도 없다
그래도 기중(忌中) 등은 켜지고
흰 국화는 배달되어 바다 향해 섰는데
천막 펄럭이는 분향소를 지키는 건
먹살 쥐고 매달리다 쉰 소리로 우는
어미들뿐이다
한 세상 건너느라 애썼을 목숨
슬픔 따위 생략하고 신속히 진행하는 보상 절차 합의안
망설이는 사람들이 질 수밖에 없는 싸움이다
돈도 빽도 없는 사람들이 먼저 꿇을 수밖에 없는 무릎이다
뻔한 줄다리기를 구경하는 자본 앞에서
엊그제 멎은 이름들 펄럭이는 천막에서
살았다는 자들이 입 꾹 다물고 찍어야 하는
죽은 거래의 시간이다

살자고 하는 짓이

맹추위로 인해 소의 근육이 경직된데다 신경까지 예민해져 많이 힘들었다는 살처분 보고서에는 좀처럼 '죽어'지지 않아 산 채로 묻을 수밖에 없었다는 눈물이 빠졌다 두 눈 껌뻑거리는 내림소를 파묻으며 통곡하는 노인과 아프리카 열병에 감염된 돼지들의 핏빛 계곡에서 돌아와 조회수 50이 안 되는 유튜브 안에서 울부짖는 수의사, 공무원, 일용직 노동자 들이 빠졌다 사는 것이 토마토처럼 완벽하지 않다는 걸 알지만 목숨으로 목숨을 연명하는 것들이 목숨에 대한 예의를 저버린 채 산다는 것, 죽음보다 더 끔찍한 것이 빠졌다

평화라는 시장에서

시다와 재단사와 오야 미싱사와 보조 미싱사, 우리는 새벽부터 늦은 밤까지 잠바 깃을 달고 지퍼를 달고 실밥을 떼고 단추를 달았습니다 어느 꽃으로 봄이 오는지 가을이 어느 길로 저무는지 세상 마중도 배웅도 없이 숨이 턱턱 막히는 평화라는 시장에서 그저 죽어라 일만 했지요 기업들은 극단적 저임금에 숙련 노동만을 부추기며 공동 전선을 폈습니다 일거리가 밀리면 한달씩 철야 작업을 해야 했지요 사는 게 사는 게 아닌 줄 알면서도 그만둘 수 있겠나요 평화라는 시장 앞에는 언제나 삶이 절박한 노동자 행렬 끊이지 않는걸요 너나없이 아리따운 나이가 밥을 담보로 기름 냄새, 땀 냄새, 원단 냄새에 절었습니다

하필 평화라는 시장이라니요 어쩌면 평화란 거침없이 혹독한 말, 처참한 시간을 가리는 교활한 꽃밭인지도 모르겠네요

밑줄

가난한 우리가 가난한 집을 나와
가난한 생을 산다

해가 떠도 어두운 도시
내일을 봉한 숲에서
고만고만한 꿈을 쥔 우리가 모여
일하고, 일하고, 일하고

병들어 죽어간다 풋복숭아 같은 몸들
희망을 담보한 자본의 착취
부유한 환경이 외면하는 우리가
숨 가쁜 서로를 부축하며 버티는
이 꽃밭은 삶인가, 이미 너머인가

기울어진 세상을 읽기 시작했다
노동을 밟고 일어서는 부(富)와 권력의 속도
그들이 거름이라 치부하는 고귀한 바닥의 권리
하루하루를 살아 이루고 누릴 당연한 자유
일한 만큼 공정한 대가를 위해

온몸으로 밑줄 그었다

근로기준법을 준수하라

아무도 귀 기울이지 않던 스물두살이었다
모두가 귀 기울이기 시작한 스물두살, 전태일이었다

제 3 부

씨가 된 말

자무질로 꾸리는 살림이라 얼라가 들어서면 우짜꼬 근심이었는디 안 들어서니 그것도 걱정일 무렵 어렵사리 새끼를 뱄니라 서른살 넘어 받은 선물 택이지 풋콩만큼 자란 녀석은 유독 에미를 걱정했느니 여름 성게 독에 성난 상처 고름을 짜고 앉았으면 더덕 껍질 같은 손가락을 끌어다 호호 불어주었니라 어서 자라 돈 마이 벌어 우리 엄마 집도 사주고 자무질도 않게 하겠다고 했느니

그런 아들 군에 보내 전사 통보를 받았니라 물에 들면 저만치 물 위에 생때같은 내 아들 앉은 것만 같았느니 온 세상이 돌고 가슴이 답답해 도저히 살아낼 재간이 없었니라 전사자 유족 연금이 나오는디 내 아들 따라가야지, 가야지 하면서도 그 돈으로 살아졌니라 즈그 에미 편케 살게 해주겠다던 말의 씨가 귀 안에서 움텄니라 어린것 생각 없이 한 말, 까맣게 박혀 무럭무럭 자랐니라

뜨끔

이노무 개새끼들 안 떨어지나
돌멩이를 번쩍 들었다가
고씨에게 들은 말이 떠올라 슬그머니 내려놓았다

동네 덩치 큰 개가 자기 집 발바리를 덮치고 있길래
고래고래 소리를 쳤는데
글쎄 큰 개가 놀라 달아나면서
떨어질 수 없는 발바리를 거꾸로 매달고 달리는 바람에
발바닥이 아스팔트에 쓸려 형편없더라는 말
무릎에 앉히고 연고를 발라주는데
그러더라고

'인간 참말로 못됐다'

개 아들 면회 가기

나대지 일궈 농사짓는 양반이 찾아와 고라니 지킬 개 한 마리 달라지 않겠나 큰 놈 세마리도 속 시끄러븐데 메칠 전 해피 저놈아가 새끼를 다섯이나 낳아부렸으이 우째 다 키울꼬 걱정하던 차에 얼씨구나 싶어 방울이를 딸려 보내지 않았겠나

그날 밤 비바람이 을매나 억시게 불어제끼는지 방울이 걱정에 날밤을 새운 기라 그 양반이 목수라 집을 잘 지어준다꼬는 했는데 제아무리 목수라도 하루 만에 집을 지었겠나 난생처음 혼자가 된 우리 방울이헌테는 얼마나 무서운 허허벌판이었겠냔 말이다

여서 걱정하는 것보담 내사 마 면회를 가는 기 낫지 싶어가 아침 일찍 앤 나섰나 도꼬마리는 떼로 달라붙제, 밭둑 흙은 줄줄 흘러쌓제, 그 어린것이 이 낯선 데서 우옜을꼬 싶어가 내사 마 미친 드키 기올라 개껌 꼭 쥔 주먹 번쩍 들어 디립다 괴함을 지르지 않았겠나

"방울아, 엄마 왔데이"

고랑마다 비닐 쪼가리들 풀떡풀떡 날리는 황량한 벌판에서 우리 방울이가 대답을 하더라 쇠줄 팽팽히 끌고 참말로 에미 만난 아들맨키로 워우워우 목이 젖어 울더라

정남씨 연대기

　국민학교 졸업하고 갈 곳 없던 정남이, 이웃집 배 목수 빽으로 배 공장에 취직했다지요. 공부 머리 없어도 일머리는 있어 연장 챙기고 물 나르며 제 밥벌이 야무졌다지요.

　머리 굵고 어깨 벌어진 정남씨, 담배 물고 먹줄 꽂아 먹줄 튕기는 당당한 배 목수 되었다지요. 고임목 수평 잡고 삼나무 용골 야물게 놓고 파도 밀고 나갈 선수재 세우면 사는 길도 어렴풋이 열렸다지요.

　주머니가 두둑하니 인기도 좋았다지요. 봉급날 중국집 요리 하나 시켜놓고 앉았으면 콧대 높다 소문난 삼정골 처자들 꺼뻑 넘어왔다지요. 중신어미 내미는 들포 처자가 하도 고와 일 마치면 뻔질나게 들포로 향했다지요. 샘 많은 삼정골 처자들 식식대며 십리 밤길 걸어와 정남씨네 양철 지붕에 돌멩이 던지며 난리를 쳤다지요.

　밑삼 윗삼 볼트를 조이면 늑골들 불뚝 일어섰다지요. 야물게 밥을 쳐 틈새를 막고 갑판 아래 어창 내고 물레 올리면 바다로 갈 이름 석자 환했다지요. 선주가 양복 한벌 맞춰주

고 굿쟁이 불러 한바탕 진수식 열면 작은 포구 배 목수 인생
도 찬란했다지요.

　각시 얻고 장가들고 새끼 낳고 부모 묻으며 공장장 자리
까지 올랐다지요. 정남씨 하루도 거르지 않고 공장 기슭 자
그마한 용왕전에 초를 켜고 막걸리 올렸다지요. 굳은살 망
치질로 인간사 풍파 다잡으며 평생 마음만 바다로 띄우는
생이었지만 가슴속엔 오곡과 동전, 명주실 품고 목선처럼
살다 가셨다지요.

단호한 경고

남해 벽련항에서 통통배 타고 노도에 들었는데 서포 유허비 오르는 길에 갑자기 똥이 마려웠다. 보는 이 없을 섬, 기왕이면 꽃방석이라고 동백나무 아래 자세를 잡았다. 시퍼런 겨울 바다 우두 자국 같은 섬들 바라보며 뜨끈한 그것 시원하게 낳았는데 아뿔싸, 휴지가 없다. 섬 초입에서 만나 받은 이장님 명함을 꺼냈다. 전화를 넣자니 휴지 들고 달려오는 오토바이 마중에 꽃잎 위 허연 궁둥이는 아니지. 저린 다리 번갈아 폈다 접었다 흩동백 붉은 꽃잎이라도 주섬주섬 주워 보는데 아무래도 꽃과 똥은 아니지. 엉거주춤 서서 사방을 둘러보는데 저만치

이거라도 쓰겠냐고 풀떡거리는 비닐 한조각, 몇해는 족히 땅에 박혀 흩날린 섬의 손, 라면은 지워지고 삼양만 남은 심란한 그 손 덥석 잡아 해결하고 유허비고 허묘고 나 몰라라 내려왔는데 선착장 옆 표지판 문구가 이렇게 호령하는 거라. '노도는 책임지지 않는다.'

점령의 수법

한집 건너 한집 비는 갯가 촌에 외지 것들이 연신 들락거리데. 정월 보름 동제 때 돼지 입에 봉투도 꽂고 이사를 온다 카믄서, 잘 부탁한다 카믄서 집집마다 들바다보메 아주 싹싹허게 굴더라고. 낸중에 보이 그기 염탐을 한 거라. 언 놈을 앞잡이로 세울까나, 언 놈을 쳐낼까나 간을 본 거라.

모래밭을 메워 크단 펜션을 짓는다 카믄서 관광객이 몰리오믄 땅값도 오리고 세상 억수로 좋아진다 카데. 땅이 쪼매 있는 냥반들은 잘 멕이고 가르치지 몬한 자식들이 걸려 다부 을매씩이라도 농갈라줄 꿈에 부풀고, 오두막 하나 달랑 있는 냥반들은 갈 데도 없이 치워질까 불안불안혔지. 아 근디 고것들이 젤로 먼저 이장을 꼬드기데.

우리 이장이 가방끈은 짧아도 제법 똑똑혔어. 마을 공동 소유 재산에 호화 펜션 웬 말이냐고 대들기도 하고, 그 넓은 모래밭이 어쩌다 개인 명의가 되었는지 알아보러 댕겼거든. 안 되겠다 싶어 마을회관 입구에 결사 반대 현수막을 걸었는데 늦었지 뭐야. 해수욕장 평상이고 뭐고 단숨에 밀어내고 다지더니만 쑥쑥 올리데. 이장이 말 안 들으니 고마 돌아

서서 딴 놈을 꿰차데. 쉰 넘도록 장가도 안 가고 들붙어 툭하
믄 즈그 에미헌티 지랄허는 놈헌티 공을 들이데래니께. 한
마디로 완장을 채워준 기지. 아고, 그놈 허는 짓이 일본 놈
순사는 저리 가라여. 날마다 이장 집에 가서 행패를 부리드
만 결국 이장 자리꺼정 꿰차데. 동네 인심이사 말해 뭣혀, 이
패 저 패 쩍쩍 금이 갔지.

　사연인즉슨, 오래전 우리 시아버지 살아 계실 적에 모래
채취업자들이 와가 모래 좀 퍼 가자고 하더라네. 동네 영감
들이 죄다 술쟁이였으이 판단이고 뭐고 있었겠나. 천지로
널린 모래 쪼매 퍼 가믄서 술을 받아준다 카니 이기 웬 횡재
냐 싶었겠지. 그치들이 서류를 디밀며 허락 도장을 찍어달
라고 했는데 고마 술에 정신이 팔려가 그 도장이 뭣에 어찌
쓰이는 줄도 모리고 싹 다 걷어 건넸다 카더라. 그라고는 잊
었지. 잊고 살다 다들 갔지. 모래밭을 팔아먹을 줄 꿈에나 알
았겠나. 인자 보이 명의가 벌써 몇 놈을 건너갔다 카데. 일단
허가가 나믄 막을 방법이 없다 카는데, 법이 그렇다 카는데
우야겠노. 인자는 주디 잘못 놀리믄 이장헌티 찍히가 동네
서 왕따가 되는 기다.

거가 하룻밤 자는데 백만원이 넘는다 카데. 공일이면 비싼 차들이 줄줄이 오는디 쓰레기만 뱉아놓지 동네 점빵에 라면 하나 사러 오는 놈 없어. 여름이면 손주들 뛰놀던 모래밭이었는디, 오징어 널어 말리던 덕장이었는디 어쩌자고 저래 돼부렀을까.

매미

가을비 흠뻑 쏟아붓는 저녁
소주방 문턱에 누운 매미 한마리

내 어린 어느 날 밤에도
아버지를 기다리며 젖은 적 있지
매미집이라 불렸던 수정옥
뚱뚱한 여자가 빗속에 쓰러졌을 때
얼른 부러진 우산 씌워준 적 있지
두 팔 벌리고 날아오를 듯 누워버린 그 매미
통실한 젖통 사이에서
쿨럭쿨럭 빗물이 흘러나왔지
퉁퉁 불은 여자 한마리
미암미암 울지 않고 깔깔깔 울었지
가랑이 활짝 벌리고 환하게 젖었지
매미들이 살던 수정옥
깨진 간판에선 불빛 쏟아져 흐르고
어디선가 나비처럼 비린내가 왔지

아버지 그토록 쏠렸던 매미집

68

수정옥이 젖고 있다

플라타너스

애인은 폐교가 되었다

폐교가 되어 플라타너스 밑둥에 묶였다

우울한 그늘에 암꽃과 수꽃 피었다

나무는 열지도 닫지도 못할 난감한 옷섶

사랑이란 몹쓸 껍질만 벗기고 있다

웃는 사람

사진 속 만석씨
모산재 돌비석에 어깨 걸고 웃는다
산악회 붉은 조끼 입고
뿔테 안경 크게 쓰고는
2 대 8 가르마 깊게 탔다
오른손은 모자 꼭 쥐고
왼손 무명지엔 한평생 약속 빛나고 있다

배달 밥집 휴업하고
모처럼 따라나선 정기 산행
종이컵 가득 소주 털어 넣고
관광버스 신나게 흔들며
내 나이가 어때서, 어때서
사랑하기 딱, 딱 좋은 나이로 막춤 추더니

살 만한 시절 두고 들어가버렸다
부모 대신 업어 키운 동생 칼에

똘마니들

사진 하는 이선생이 탁배기 안주로 딸려 나온 멸치 보더니
아따 이 태평양 똘마니 짜아식들, 하면서 고추장에 냉큼
찍습니다
쥐 알통만 한 몸 혼자선 안 되니까
떼로 몰려다니며 어깨에 따악 힘준다는 얘기지요
그 말 재미있어 한 놈 집어 들고 빤히 봅니다
바짝 말라도 당당히 지킨 똘마니의 눈
어디 멸치뿐인가요
미주구리 씨뚝이 덩치 큰 곰생이까지
닮은 얼굴끼리 바라보다
닮은 마음끼리 연애하다 생겨난 뜨뜻한 것
무더기의 힘이 살 만한 날들 몰고 다니는 거겠지요

살구꽃 피어 분내 나는 봄날
운두봉 막걸릿집 뒷방에서
태평양 똘마니와 맞짱 뜨는 우리 똘마니들
둘러앉은 눈알도 모처럼 반들반들합니다

러브버그*

떼로 출몰한 플리시아 니악티카 때문에 난리라는 기사가
떴다
천천히 날거나 기어다니는 사랑벌레 암수가 붙어 있다
사진을 확대해 들여다보노라니 스멀스멀 슬픔이 오른다
서로 붙은 채 살아가야 한다니
그것이 성기라면 얼마나 슬픈가
끔찍한 러브, 러브버그의 러브
공격성도 드러내지 못하는 슬픈 체위로
사랑해야만 하는 연인들
러브가 끝나야 수컷은 죽을 수 있고
러브가 끝나야 암컷은 알을 낳을 수 있다
덥고 습한 생의 전반에 드리운 난감한 형벌
작살내자 작정하고도 이별할 수 없어
혹독한 우기 향해 돌진하는 버그들
곪아 짓무른 러브가 바글바글하다

* 플리시아 니악티카. 암수 꼬리가 붙어 있어 사랑벌레라고 불리
  는 곤충.

만두

내 고향은 허난성. 택시 운전 모은 돈 선원송출회사 주고 한국 왔어요. 처음은 남해 통영 꽃게잡이 탔어요. 한국 선원 일 잘하고 우리 중국 사람 일 잘 못했어요. 매일 맞았어요. 한국말 어려워 몰랐어요. 바다 일 힘든 거는 괜찮아요. 돈 버니까요. 그런데 너무 많이 맞았어요. 한국 바다에서 죽을 것 같았어요. 네달 만에 내렸어요. 중국 사람 하나 고향으로 돌아갔어요. 나도 따라가고 싶었어요. 갈 수 없었어요.

한국 사람 착한 사람 김성원이 구룡포 공장 보내줬어요. 이제 배 안 타요. 봄 청어 오면 냉동창고 날라요. 여름 오징어 덕장에 널고 걷어요. 겨울에는 과메기 열심히 해요. 나 삼년 한국 돈 이천만원 벌었어요. 내년 고향 돌아갈 수 있어요. 이모, 오늘 부추만두 만들었어요. 우리 같이 먹어요.

나의 첫 해녀, 박옥기

내 나이 팔십이니 사램이가 귀신이제. 그라도 우야노. 쳐다보믄 조짝 우리 방구에 미역이 너불너불한 기 보이는데 안 드가고 배기나. 자슥들으는 사램 사서 물질시키믄 펜타고 지발 그라라고 하지마는 시키보이 성에 안 차고 돈으는 돈대로 나가고 답답키만 하드라.

새북에 마 날이 좋다 카믄 후딱 밥 한종지 긁어 묵고 물로 든다. 그라고는 지각끔 방구마다 붙어가 미역을 끊는 기라. 저기 저 자루로 두나 할라믄 한나절이 넘기 걸린다. 물에서 기나오믄 어데 밥 묵을 새가 있겠노. 받아주는 사램이 있으믄 쪼매 수월타만 사램 구하는 기 숩지가 않다. 점빵에 가가 우유 하나 사다 퍼뜩 묵고 막바로 앉아가 실한 놈은 실한 놈끼리 짝 맞춰 쫄로리 널어야 아까분 봄볕을 앤 놓칠 기 아이가.

방구마다 주인이 있는 기라. 그기 미역돌이라 카는 긴데 옛날에는 돈이 생기믄 논 사고 싶은 사램으는 논 사고 방구 사고 싶은 사램으는 방구 샀다. 딴 데는 방구 갖꼬 자꾸 쌈질을 해대이 마 한 불에 싸잡아 공동으로 뜯어 묵지마는, 우리 동네는 사람들이 순해가 아적 지 방구 지 따 묵고 산다. 우리 방구는 시아부지가 물려주신 긴데 참 좋다. 내가 시집올 때부터 따 묵았으니 저것이 밭이고 논이제. 그렇다꼬 머시 돈을 모닸나, 집을 지았나, 암것도 없다마는 문디 같은 오두막살이에 기들았다 기나갔다 살아도 내는 내가 참 기특타. 한량 영감 일쯕 보내고 팔남매 다 키워 부산이고 울산이고 골골 짝짝이 잘 심가놨으니 우예 안 기특겠노. 물질로 마이 해가 방구에 무르팍이 하도 찍히 쪼매 아픈 거 말고는 몸도 성체, 울 손자 놈들도 손톱 하나 망가진 눔 없이 잘 크제 머시 근심이겠노.

야야, 바다도 저짝 산이랑 똑같데이. 방구도 높은 기 있고 낮은 기 있고, 산에 나무처럼 퍼런 잎이 너불거리고 오색이 찬란하제. 옛날에는 솥뚜껑만 한 전복이랑 안게이, 문에 천지삐깔이었다. 가찹게 가믄 문에란 놈은 슬슬 달라빼지마는 다른 기야 다 내 손에 오는 기지. 그란데 지금은 읎다. 먼데로 다 달라뺐는동 우쨌는동.

가마있자, 니 연고 좀 골라봐라. 이기 몇개나 있는데 머시

어데 바르는 긴지 알아야 면장을 하제. 엊그제 미역 풀면서 배 걸아둔 쇠에 걸리 찢깄나 보다. 발등이 팅팅 부아가 앤 내리네. 내는 살이 특별나가 젊어서는 약 하나 앤 바르고도 다 아물디만, 인자 늙으니 별기 다 성을 내고 지랄이다. 우짜든동 우리 딸네 며늘네 보따리 보따리 싸주면 푹푹 끓이 묵을 때마다 지 에미 생각 앤 하겠나. 이 미역 팔아가 손주 놈들 손에 몇푼씩 쥐카주믄 지들 입으로 맛난 거 앤 들어가겠나. 그기 젤로 좋은 기 아이가. 그쟈.

청춘 수장고

한 사십년 전쯤으로 세월 되감아
운교동 팔호광장 모퉁이 민속 주점 커튼 들추면
생애 첫 막걸리 손가락으로 찍어 맛보던
단발머리 가시내들

따라만 간 놈은 근신
술잔 받고 안 마신 놈은 유기정학
몇잔 마신 것이 겁나서 도망쳤다 잡힌 놈은
그만 무기정학

근신 받은 놈은 줄창 반성문 쓰다 시인이 되고
유기정학 받은 놈은 용케도 선생이 되고
무기정학 받은 놈은
제법 큰 장례업체 대표 부인이 되어
그날 팔호광장 기념 계 모임 회장까지 등극했는데

새끼가 새끼를 치는 나이에도
3차는 언제나 금기 만발했던 시절로 돌아가
운교동 팔호광장 초겨울 주점 앞 설까진 가시내들

짝다리 신나게 흔들고 있다

사과나무에게

용 그림 붉은 천왕반점 창가
아비와 딸 사이에
짜장면 한그릇

배가 똥똥한 어린 딸
쫙쫙 제비 새끼처럼 입 벌릴 때마다
짤막한 다리 달랑거리다
가슴 콩콩 두드리며 캑캑거리다
두리번거리다

상고머리 꽃핀 몇번이고 매만지는
연신 입에 묻은 짜장 닦아주는
아비 팔이 한쪽뿐이다

지난해 여름 태풍에 큰 가지 잃은 너도
한쪽으로 기운 꽃 무덤 추스르며
구겨진 봄 피우려 애를 썼지

진물 흥건한 의욕

너의 밑동을 자르는 일이 나의 아픔이었다고
위로할 수 있을까

제 4 부

겹벚꽃

건강원 일 거들던 속초댁 죽고

작년 가을 재혼한 택배집 사장 도박 빚에 목매달고

움막 짓고 살던 눌태리 홍씨 번개탄 피워 죽고

천보수산 어르신 문어 경매 보다 돌아가시고

사진관 외아들 백혈병으로 죽고

보름 만에 다섯이나 추려낸 포구 삼거리엔

챙겨 가지 못한 소문만 겹겹 피고 진다

샤먼을 기다리는 시간

사람으로 살던 고양이와 뱀과 염소와 벌레 들이
늑대를 숨기고 살던 사람과 새를 숨기고 살던 사람 들이
불온한 숲이 불안한 강이 불길한 소원이
저마다 지은 악업과 선업을 바치는 시간이 있다

물고기와 눈을 바꾼 사슴이나 사슴처럼 돌아보는 무덤
탐욕을 걸친 꽃의 비늘이나 가난을 훔쳐 빛나는 별
너를 물어뜯은 나의 붉은 입과 몇번이고 나를 죽인 너의
냄새
손으로 말로 마음으로 빚은 검은 과보와 흰 과보를
안고 뛰어드는 겹겹의 투신

사람과 신 사이 몸을 갈아타고
갈라진 손금 거역한 운명들 앞에 코트를 벗어놓고
들어간 그를 기다리는 시간이 있다

오래된 신방

　자동차 사고로 죽은 총각과 술에 취해 얼어 죽은 처자가
결혼합니다
　혼례복 입은 지푸라기 둘이 맞절하고 패물 나눕니다

　친구들이 신랑 신부 태우고 경주로 신혼여행 갑니다
　보문호 지나 석굴암 돌아 감포항 들러 구룡포로 돌아옵
니다

　신랑 댁 건넌방에 신방이 차려집니다
　공단 이불 위에 지푸라기 내외가 나란히 눕습니다

　한바탕 굿판 끝나 문을 여니
　신랑 신부는 살포시 포개져 있습니다
　무당 짓인지 신 짓인지 알 길 없습니다만

　시어미 조석으로 밥 넣은 지 하마 칠년
　홍실과 청실은 잘 살고 있습니다

개 같은 아저씨

나는 이렇게 잘 커서 입을 가졌어요
노을 드는 창 아래서 깨진 열세살
커튼의 꽃들은 위로가 되어주지 않았죠
누구 편인지 모를 바람이 구경했죠

아저씨, 개 같은 아저씨
사는 것이 죽음을 기르는 오후라는 걸
알았어요, 작약꽃 짓이기면 어머니도 운다는 걸
알았어요, 울 때마다 아저씨 자꾸 핀다는 걸

아저씨, 아저씨, 개 같은 아저씨

나는 이렇게 커서 손을 가졌어요
아픔을 맛있게 버무리고 분노를 차지게 반죽해요
나는 이렇게 잘 커서
상스러운 노을을 바라봐요
나는 이렇게 잘 커서
당신을 살려 잘 죽이고 있어요

물의 말

바닷물은 차고 볕은 한없이 따가운 칠월 초순 첫 멍게 작업이었다
휘이휘이 숨 트며 방파제 돌아 나오던 춘자 형님이 그만 정신을 놓았다
후불 형님과 돌돌이 형님이 둥둥 뜬 몸 끌고 와
물옷 물고 찢으며 고래고래 소리를 질렀다

119, 119, 사람 간다, 119 전화해라

순식간에 모여든 해녀들이 둥그렇게 에워싸고는 발을 동동 굴렀다
백지장처럼 하얗게 돌아가는 목숨을 붙들겠다고 울부짖었다

살아래이
살 거래이
가믄 안 된데이
살아야 한데이
춘자야 인나거라, 인나라, 인나라

숨을 놓는 동료에게 주문을 걸던 고래들이 생각났다
주둥이로 힘껏 물 위로 차올려 몇번이고 분기공 띄우려
애쓰던 참돌고래들
가라앉는 삶을 떠받치며 푸른 바다 검게 울던 물의 말

구급차가 올 때까지 울며불며 심장 두드리던 해녀들이
춘자 형님 숨 하나 뱉자 가슴 쓸어내리며 주저앉았다
물안경 자국 깊은 얼굴에서 바닷물이 눈물처럼 흘렀다

됐다, 인자 됐다

간독*

아버지는 풍배 타고 나가 고기를 잡았다
물칸 넘치게 싣고 돌아오면
튼실한 놈들 골라 간독에 넣고 소금을 후렸다
깊이를 가늠할 수 없는 어둠 속에
차곡차곡 쟁여 넣던 물고기들

목숨이니 어디서든 붙어살겠지
저승도 살 곳이라 다들 가는 것이라며
큰형 잃은 여름 비린 생에도 간을 쳤다
끓는 속내와 솟구치는 부아를 간독에 재우고
돛을 세워 바람 타며 별을 읽고 돌아왔다

하늘이 배를 묶어 더는 나갈 수 없는 겨울
세간 부수는 날에도 아버지 차마
간독은 건들지 않았다

병에 들자 여러날 곡기를 끊고
다들 돌아오지 않는 걸 보니 아주 좋은 곳인가보다
그곳으로 건너가실 때 간독은 두고 가셨다

혼자 남은 어머니는 간이 잘 밴 아버지를 내다 팔았다
참 깊고 어두운 속내였다

* 바닷가 사람들이 물고기를 염장하던 커다란 독.

오징어가 꼴도 보기 싫은 이유

한 오십년 전이요. 주문진꺼정 가가 조업하다 납북이 돼 부렀지요. 그날따라 오징어가 을매나 많던고. 아고야 돈 쫌 쥐겠다 캤는데, 고마 기름이 떨어져가 경계선을 넘은 기라 요. 구식 무전기 하나 패철 하나 갖꼬 댕기던 시절이니 펄럭 거리는 물길을 우찌 옳게 읽았겠습니꺼.

그래그래 끄잡혀 고성군 어디쯤 수용소에 드갔는데요. 야 들이 날마다 대절 버스 태워가 금강산 온천에서 온천욕 시 키고 함흥 비료 공장으로 제철소로 관광을 시키는 기라요. 이래 잘산다꼬 자랑을 하는 택이지요. 그란다꼬 누가 넘어 갑니까. 호텔을 잡아 두명씩 배정하고 끼니마다 이밥을 멕 여쌓디만, 일주일쯤 지나니 고향 보내준다 카데요. 배에 기 름도 채워 옇고 잡은 오징어도 싹 다 말려 실아주고는 쭐루 리 일렬로 서서 잘 가라꼬 막 손을 흔들어쌓고 그라데요.

인자 살았다꼬 만세도 부르고 그랬는데, 이짝으로 넘어와 가 마 결딴난 기라요. 강릉 포로수용소에 가두고 한 놈씩 끌 고 가드만 여인숙 같은 조사실에서 죽도록 두들겨 팹디다. 대가리를 물에 처박고, 고춧가루를 코에 쑤셔 옇고, 각목이고 뭐고 잡았다 하면 쌔리 패부리데요. 그기 간첩이 돼가 왔나 싶어서라요. 그래그래 죽다 살아 열흘 만에 안 풀려났능교. 그란데 구룡포항에 닻을 내리자마자 이번엔 경주 유치장에 또 가둡디다. 거서도 이리저리 불려 다니며 두달 반을 살다 집행유예 2년 받고 제우 풀려났니더. 판결 받던 날 울 어무이가 오셨는데 열여덟살 새끼 몰골 앞에서 까무러치듯 우십디다.

아이고, 말도 마소. 거서 끝이면 좋구로요. 경찰들은 밤낮으로 집을 드나들고 포항 한번 나갈라 카믄 지서서 확인증을 끊어가야 했니더. 니미럴, 죄라고는 오징어 잡아 살겠다꼬 배 탄 것뿐인데 억울하고말고요. 이후로 내는 오징어 절대 안 먹니더. 판장이고 덕장이고 오징어는 꼴도 보기 싫니더. 바람에 냄새만 와도 씨뻘건 부아가 이니더.

해봉사 목백일홍

한 나무가 긴 사랑을 물고 산다
발긋하게 피는 말을 너도 알고 있다
여름은 의혹이나 의욕으로도 충분하지만
돌아갈 수 없는 사랑은 운다
울음을 비틀고 저무는 오후도
사랑에 관해서는 언급하지 못한다
다만 명월산 능선 노을이나 낮달에
꽃잎 걸쳐둘 뿐
오로지 한 나무만이 긴 사랑을 물고
절 마당을 가득 채울 뿐이다
고요만이 붉은 염불을 외울 뿐이다
어쩌면 저 나무는 없는 말인지도 모른다
당도하지 않을 사랑인지도 모른다

고래잡이는 고래로 돌아가고

　보리가 누렇게 익을 때면 새벽 인검소 출항증 받아 고래 포 걸고 물살 타는 파도였다. 위태로운 망루에 올라 쌍안경 으로 살피면 저 멀리 고래떼가 풀쩍풀쩍 솟으며 놀았다. 분 기공 세워 뿜는 고래의 날숨을 따라 언제 어디로 튀어 오를 지 모를 행운 향해 돌진하는 아비라는 바다였다.

　빗나간 창끝에서 튀는 고래의 살점에 숨이 터억 막혔다. 새끼 달고 도망치는 상처 난 고래 앞에서는 펄럭이는 마음 다잡는 깃발이었다. 길게 길게 짧게 길게 짧게 길게 뱃고동 울리며 밍크고래 한 놈 매달고 드는 뱃머리에 나부끼는 오 색 대어 만선기였다.

　부레가 터지도록 술을 마셨다. 무당 굿판도 벌였다. 좀처 럼 고요할 수 없는 생의 바다엔 상스러운 욕지기 만발하지 만 더러는 노대바람처럼 명주바람처럼 고비마다 절창의 음 절 타고 넘었다. 죽자고 살아낸 평생이 한마리 고래였다.

용왕밥

    용왕문이 열린다는 음력 정월 초이렛날 새벽 오두막을 나섭니다 바람 큰 호미곶 구만리 한지로 싼 흰쌀과 술 과일 소복한 광주리 이고 팔순 해녀 혼자 독수리바위로 갑니다 오목한 틈에 초를 켜 소지 태우고 정성껏 용왕밥 차립니다 위태롭게 살아온 날들 펼쳐놓고 살아갈 날들 빌고 또 빕니다

    용왕님요
    칠성판 짊어지고 물에 드는 미천한 이 사램이
    용왕님 보살핌 아래 물질하며 잘 살았습니더
    고맙고 고맙습니더
    올 한해도 잘 보살피시어
    늙은것 물에 드는 일이
    평안코 또 평안케 도와주시오
    차린 것 없어도 맛나게 드시고
    자식처럼 종처럼 물것으로 사는 몸을
    보살펴주시오

    바다엔 거칠고 사나운 노래도 눈물 따위를 호령하는 꽃도 없습니다 찬란한 죽음만이 핍니다 물의 식탁은 적막입니다

오랜 물것의 기도가 그대 앞에 차려집니다

무당의 붉은 입술

　여성주요 남성주요 선장실 조상님요 구룡포 어판장에 나
갈 때는 빈 배로 나가시고 들어올 때는 물칸마다 그득 채워
만선으로 오게 하소 우예든동 항구마다 금액 금급 받게 해
주시고 서쪽 바다 동쪽 바다 용왕님들 선주네 선장네 선원
네 자식 부모 웃음 주소 기관방 남성주요 가다 가다 정착도
하지 말고 오다 오다 정착도 하지 말고 가는 목적지 오는 목
적지 무탈하게 안내하소 갈바람도 막아주고 샛바람도 막아
주고 노대바람 가게 하고 명주바람 오게 하소 배가 고파 오
셨으면 맞이 공양하시고 선주 재수 있게 우리 선주 재수 있
게 보살피소 우리 중생 모릅니다 우예든동 만선 만선하게
하소 만선 만선 들어와서 각성바지 모두 모두 얼굴 펴게 해
주시오 중국 아들 베트남 아들 돈 벌라고 왔습니더 고향 떠
나 나라 떠나 이국 바다 왔습니더 부모 두고 형제 두고 자식
두고 올 때는 다짐이 있었거늘 우예든동 두둑하게 채워 갈
수 있도록 보살피소 금전도 원일레라 재수도 원일레라 시비
도 막아주고 다툼도 막아주고 만선하게 하소

저 비가 몰고 오는 것들

짬뽕 한그릇 맵게 주문하고
사흘이나 지난 스포츠신문 훑다가
쏟아지는 빗소리 내다본다

껄렁거리는 오토바이
칼자국 깊은 뺨으로 내리는 비
비옷 입고 배달 가는 저 비 사이로

홀로 살던 눌태리 끝 집 할미 돌아가실 때
아이 건진 갯가에서 베트남 처녀 울 때
좌초된 배에서 그놈만 살아왔을 때

가슴을 다르륵 박고 떠나던 재봉틀 소리
서둘러 열기를 접는 양철 지붕
텃밭에 피어나는 실파의 맑은 얼굴과
뒤란 조릿대 소복한 아우성

2월

대추나무가 마당 길게 그림자를 그리는 오후

눈이 녹는 들판에 한 무리 까마귀 핀다

빨랫줄에 널어둔 이불이 날려 늙은 자전거를 덮는다

한 노인이 한 노인이 떠난 집 대문으로 들어선다

개집 앞 물그릇 살얼음 풀린다

구룡포, 내 영혼의 마킹 로드

  수희미용실 대중여인숙 대천식당 세리미용실 돌풍수산
재영정밀 이태리세탁 신도여관 고려수산 사계절카페 울산
식품 달맞이꽃 민속동동주 카르페호텔 태영상회 환희다방
다온다방 생음악써니라이브 준다방 가람가요방 그린노래
방 일출식당 말봉모리국수 아쿠아모텔 하이얀미용실 하나
식육점 뜨락주점 말봉산악회 진아노래연습장 명가식당 해
빈옷방 돌다방 세화가스 제일교회 하남성반점 산호다방 그
리움노래방 은성식당 모모식당 삼오식당 명지숯불직화구
이 복소주방 영마트 만화 미니슈퍼 갈매기콜라텍 초원모리
국수 새마을금고 동아철물 명품무인텔 여울목소주방 소영
이네식당 맥주소주나그랑 구룡포선술집 꿀딴지소주방 호
프해피데이 매월여인숙 중앙이용소 영빈장 왕거미소주방
발리룸가요방 큐피트노래방 양다방 구룡반점 한큐당구장
소라다방 우룡낚시회 금강모텔 광명당안경원 동방선구점
썬모텔 용해식당 한일세탁소 꽃다방 비다방 앙코르7080 다
미돈까스 간이역 31동기회 그린빨래방 명동다방 여기로노
래클럽 한얼향우회 레이디옷수선 월드피시방 아일랜드라
이브 베트남하나식당 다모아다방 하나로기획 용다방 제일
의원 고래등단란주점 오가네조명 뚜레주르 구룡약국 천금

당 맛나분식 금은다이아2.4당 구룡사진관 맥주양주소주시
크릿 돌문전당포 백설당 온고당인쇄소 산울림레코드 세계
오토바이 리치가요방 성모한의원 명동패숀 일억반점 현대
이용소 구룡포신협 구룡포농협 명보석 신발짱 경희한의원
아로마라이프 용궁식당 7080당구장 성모내과 인영화장품
한미약국 일선약국 성화유리수족관 갈릴리횟집 경일세탁
전문점 알뜰중고 하나방홈패션 옥창상회 하산외과 즐거운
복지센터 공명문구 행복한찹쌀꽈배기 텃밭보리밥 우리문
구 철규분식 원분식 코끼리과일 엄마찐빵 황외과 할매국수
사주카페 창주이용소 토탈패션에삐 신경북입시학원 시장
떡집 진미식당 약다린촌 안젤리나헤나전문 다이닌쌀국수
제일국수공장 모정식당 영주한약방 진강수산 유진헤어라
인 세아다방 구룡포다방 한방흑염소 늘청춘하우스 필미장
원 세영종합가구 경동교회 금순이네 원패션 창포사우나 연
근해선장협회 스킨케어봉 엠제이뷰티샵 명지한의원 로타
리다방 성광교회 예술다방 구룡포열쇠 쉼터꽃 천일헤어샵
세왕식육식당 영생당한약방 로타리컴퓨터 명성곰탕 복진
식육점 해월장식 유단네방아간 복미그릇상회 소라분식 거
성장여관사우나 할인마트 회바다풍경 조포네 유가네 유창

102

수산 해동선구 신신마린상사 만물포차 호돌이식당 꾸러기
돌봄1호점 한아름물회 등대수산 큰손막창 뱃길수산 해창수
산 나드리김밥 오달진전복대게 백년대게 멕시칸치킨 깨자
네 뚱이네포차 천자물회 함흥복식당 스타다방 노을다방 참
마트 중앙당구장 해동선구 중앙식당 부영식당 돌문식당 유
림식당 해병전우회 경북선원노동조합 길다방 주영수산 까
꾸네……

살아 있는 모든 것들의 말

장은영

1

　구룡포는 살아 있는 말의 장소이다. 말을 가진 사람은 물론이거니와 말하지 못하는 것들도 구룡포에서는 이름을 얻고 말을 얻는다. 이름이 있다는 건 누군가에게 불리는 존재라는 뜻이고, 말을 한다는 건 부름에 응답하는 존재임을 뜻한다. 이 시집에 등장하는 수많은 고유명들, 사람들의 이름이나 그들과 식구가 된 짐승들의 이름에 이르기까지 시인은 구룡포에 살아 있는 것들을 오직 그만이 호명될 수 있는 이름으로 부른다. 그리고 시인에게 이름이 불리는 존재들은 각자의 방식으로 말함으로써 시적 장소로서 '구룡포'라는 세계에 참여한다. 『구룡포로 간다』(애지 2007), 『꽃마차는 울며 간다』(애지 2017)에 이은 세번째 구룡포 연작 시집이라 해도 좋을 이번 시집에서 시인은 그 누구로도 대체할 수 없는 존재들의 이름을 부름으로써 그들의 존재를 드러내고 그들의 말에 주목한다. 설령 그것이 언어화될 수 없는 소리나 잡음에 불과한 것이라 해도, 또는 침묵과 적막이라는 언어의 외부라 해도 모든 말은 살아 있는 존재의 고유성(singularity)을 증명한다. 시인은 구룡포의 말이 문법에 의해 삭제되거나 훼손되지 않고 시를 읽는 이에게 온전히 당도할 수 있도록 감탄사와 군소리까지도, 소리에 동반하는 호흡과 공기의 파동까지도 모두 담고자 한다. 어쩌면 잡음에 불과하다고 생각되는 소리까지도 시인에게는 시의 언어로 복원해야 할 살아 있는 존재의 말이자 흔적들이다.

"여기 구룡포,/나는 시를 쓰지 않았다/축항을 치는 파도와 말봉재 골짝골짝 넘나드는 바람/그들의 이야기를 가끔 받아 적었다."(「시인의 말」,『구룡포로 간다』)라는 첫 시집의 고백은 이번 시집에서도 유효하다. 귀신이 다 된 인생 말년의 해녀가 노래하듯 숨을 쉬듯 내뱉는 물질 인생사(「나의 첫 해녀, 박옥기」), "오징어 잡아 살겠다꼬" 배를 탔다가 납북되는 바람에 간첩으로 몰려 고생한 어부가 쏟아내는 "씨뻘건 부아"(「오징어가 꼴도 보기 싫은 이유」), 어느 신한테 닿을지 모르지만 이국에 와서 배를 타는 "중국 아들 베트남 아들"(「무당의 붉은 입술」) 모두 무사하게 해달라는 국경 없는 발원, 심지어는 동네 개들의 치정에 끼어드는 인간에 대한 '발바리'의 원망("'인간 참말로 못됐다'", 「뜨끔」)에 이르기까지 구룡포에 살아 있는 목숨들이 지닌 저마다의 기막힌 사연은 멈추지 않는 파도 소리와 뒤섞인 채 듣는 이의 청각을 가득 채운다. "가라앉는 삶을 떠받치며"(「물의 말」) 죽은 목숨 살려내는 말도 있지만 밥을 담보로 "죽어라 일만" 시키는 "거침없이 혹독한 말"(「평화라는 시장에서」)도 있다. "당도하지 않을 사랑"처럼 이 세상에 "없는 말"은 소리 없이 "발긋하게 피"(「해봉사 목백일홍」)어나고, "말없이" "서로의 눈길을 쓸"(「크리스마스이브들」)어 내리며 병든 육체의 고통을 위로하는 몸의 말은 온기마저 품고 있다. 어떤 형태로 발화되든 모든 말은 살아 있음을 표명하는 신호가 되어 귀환하는 만선기처럼 펄럭인다.

그에 답하듯 시인은 들려오는 말에 귀를 기울인다. 온몸으로 들어야만 온전한 감각에 이를 수 있다는 듯 온몸이 귀가 된다. 시를 쓰는 일이란 살아 있는 모든 것들의 말을 듣고 응답하는 일이라고 믿는 시인은 자신이 지닌 가장 온순하고 평등한 감각기관인 귀를 구룡포에 내준다. 말할 수 없거나 말해진 적 없는 말, 혹은 오랫동안 침묵에 잠겨 있던 말일수록 시인의 귀는 더욱 섬세하고 예민해진다. 알폰소 링기스(Alphonso Lingis)가 말한 것처럼 생명력이 발생시키는 잡음들, 폐부의 운동과 성대의 진동처럼 거의 들리지 않는 신체 내부의 소리를 동반하는 말은 발화되는 장소를 채우고 있는 세계의 잡음과 함께 청취된다. 그러므로 말에 귀를 기울인다는 것은 그것을 생성하는 신체와 그 신체가 속해 있

는 세계 전체를 청취하며 그 세계에 동참하는 일과 같다. 말
하는 이와 듣는 이가 하나의 세계에 참여함으로써 '우리'가
이 세계에 함께 존재함을 확인하게 되는 경험이라 해도 좋
겠다. 권선희의 시를 읽는 일 또한 그와 다르지 않다.

2

　시인의 귀에 감각된 구룡포의 말은 입말로 복원되어 우리
앞에 와 있다. 구술성에 대해 옹(Walter J. Ong)이 진술한 것
처럼 소리로서의 말은 사라짐으로써 존재한다. 입말은 앞의
소리가 사라지면서 또다른 소리가 등장하는 소리의 운동을
통해서 존재하므로 그것을 멈추거나 소유하는 것은 불가능
하다. 이러한 특성을 고려하면 입말을 문자로 완벽하게 옮
기는 것 역시 불가능한 일이다. 저마다 다른 발성과 어조를
지닌 소리로서의 말의 크기나 어조는 물론이고 그에 동반하
는 흥분, 체념, 탄식 등의 감정이 섞인 호흡의 질감이나 강도
와 같은 말의 정동(情動)을 문자 안에 담아낼 방도는 없다.
이미 문자를 습득한 사람이 문법을 벗어나 문장을 만들 수
없는 것과 마찬가지로 입말을 문자로 복원한다는 것은 의식
을 채운 문법을 비우지 않고서야 가능할 리 없다. 그런 점에
서 구룡포의 입말을 복원하려는 권선희의 시는 실패와 불가
능 쪽으로 기울어져 있다. 하지만 시인의 시도는 예정된 실

패와 함께 의문을 던진다. 세계를 청취한다는 것, 입말을 쓴다는 것, 그것은 어떻게 가능한가?

쓰기의 주체는 문법적 질서와 의미의 맥락에 따라 입말을 세계의 잡음으로부터 분리하여 의미를 재구성한다. 그러나 합리적 주체이기를 거부하는 시인은 수동적 듣기와 불완전한 쓰기를 수행할 수밖에 없다. 구룡포의 일원인 시인의 귀에는 살아 있는 모든 것들의 말이 위계 없이 감각되기 때문이다. 시인은 소리를 멈출 수도 소거할 수도 없는 수동적 귀로 밀려드는 소리를 듣는다. 빠짐없이 듣기 위해 문법의 질서와 의미의 서열에 불복하면서 최대한 자신의 귀를 수평으로 만든다.

— 외길에서 주춤거리는 두 트럭 사이로 누렁개 지날 때

개 왔습니다 방금 뽑아 온 햇개 삽니다 부드럽고 질긴 오천원 두자루 사러 화자양지 오래 나오세요 발바리도 잘 닦이는 햇다마네기 삽니다~

— 앗, 이번엔 고등어 트럭입니다

눈을 감았다 떴다 하는 질긴 발바리 두자루 왔어요 부드러운 고등어 뽑아 온 부산 햇다마네기 나오세요 씨발 발바리 차 빼라 이 새끼가 잘 닦이는 화장네기 사러 왔습

니다 방금 부드러운 오천원 빼라니까 어따 대고 뽑아 온
햇개 새끼야~

—「협화음」부분

   시적 화자의 발화 부분과 외부에서 들려오는 소리 부분이 교차하는 형식을 띠고 있다. 부호가 표기된 화자의 발화 부분이 상황을 안내하는 지문의 역할을 한다면, 물건을 파는 트럭에서 들려오는 소리가 이 시를 이끌어가는 대사를 맡고 있다. 화자가 직접 말하는 부분보다 들려오는 소리에 비중이 실린 이 시에서 주목할 점은 화자가 외부의 소리에 개입하거나 수정하지 않는 수동적 태도를 보인다는 점이다. 들려오는 소리를 청취하는 화자는 의미를 지닌 말과 잡음을 구분하지 않고 들리는 대로 들을 뿐이다. "방금 뽑아 온 햇다마네기"가 왔다는 소리와 "부드럽고 질긴 화장지" 사러 나오라는 소리가 뒤섞이는 가운데 "고등어 트럭"까지 등장하고, 트럭들이 틀어놓은 확성기 소리와 행상들이 자리다툼하는 소리가 엉킨다. 서로 분간할 수 없는 소리들은 잡음에 불과하지만 화자는 자신의 귀에 포착된 것을 그대로 기록한다. 소리를 선별하지 않은 채 화자가 기록한 것은 문장으로 완성될 수 없는 단어들의 나열이자 의미 없는 소리의 파편인데도 화자는 문법에 맞게 수정하거나 교정하지 않는다. 오히려 자신이 듣고 있는 세계의 잡음 그 자체를 인정하는 듯 '협화음'이라는 제목마저 붙여둔다. 반어적인 제목일 뿐이다. 하지만 말의 의미와 맥락보다 누군가가 말하고 있다는 사실에 방점을 찍어보면 어떨까? 잡음에 불과하더라도 모든 말은 그 자체로 말하는 존재가 여기 있음을 증명하는 행위이다. 의미를 생산하지 못하는 잡음에 불과하더라도 그것은 이 세계에 속한 누군가가 발화하고 있으며 내가 그것을 듣고 있는 발화의 대상임을 말해준다. 세계의 잡음은 '나'라는 주체가 복수의 말로 둘러싸인 세계 안에 다른 행위자들과 함께 있다는 사실을 일깨워주는 증거인 것이다.

이 시는 입말이 문자로 옮겨질 때 일어나는 세계로부터의 분리와 균열을 드러낸다. 동시에 복수의 말들이 공존하는 '협화음'의 세계가 문법과 의미가 해체된 불완전한 쓰기의 형태를 띨 수밖에 없음을 시사한다. 권선희는 문법이라는 이름의 질서를 해체하는 불완전한 쓰기를 감행함으로써 자기동일적 주체의 욕망인 소통 가능성을 부정하며 세계의 잡음과 함께 세계 안에 떠도는 타자들의 목소리를 세계 안으로 들인다. 삶과 죽음, 이쪽과 저쪽을 오가며 서로 다른 두 세계를 매개하는 샤먼처럼 들리지 않는 말, 들을 수 없는 말을 시라는 형식에 담아 우리 앞에 부려놓는 것이다. 이때 시는 희미한 소리들을 실어 나르는 말의 통로이다.

헛간보다 못한 방 윗목에 앉은 영감 반질반질한 골분 단지가 젤로 값나가는 살림 같더라. 방바닥을 베어 물듯 엎드려 빌고 비는 당달봉사 앞에서 징은 쳤다만, 사실 아무것도 안 보였어. 정처 없는 귀신들 다 불러제끼며 이 불쌍한 인생을 어찌하면 좋겠냐고, 죄 없는 눈은 왜 가렸냐고, 목이 쉬도록 따지고 대들어도 답을 안 주시더라 못 주시더라. 무당보다 더한 팔자가 가엾어 디립다 징만 쳤지. 징에 기대 내가 펑펑 울었지.

—「징」 부분

시인의 페르소나이기도 한 '무당'은 가장 절박한 자들의 이야기를 듣는 존재이다. 시인이 이 시집의 서두에서 '구룡포 무당'의 이야기를 들려주는 건, 삶의 막막함을 견디지 못해 신을 부르며 그 힘에 기대고 싶은 타인의 마음을 외면하지 못하는 무당의 운명이 시를 쓰는 자신의 운명과 다르지 않다는 걸 알기 때문이다. 눈에 보이는 것만을 좇는 현실에서 보이지 않는 신에게 위안을 얻겠다는 허술하기 짝이 없는 바람일지라도 무당만은 그 마음에 귀를 기울이는 유일한 존재이다. 이 시에서도 가진 거라곤 죽은 영감의 "골분 단지"밖에 없는 노파가 시력마저 잃고 "당달봉사"가 된 사연을 듣고 있자니 무당의 마음 한편이 무너진다. "정처 없는 귀신들 다 불러제끼며" "죄 없는 눈은 왜 가렸냐고" 따지던 무당은 마침내 울음을 터뜨린다. 무당이 된 자신보다 더 가여운 팔자 앞에서 "디립다 징만" 치다가 "펑펑 울"어버리고 만다.

자신의 몸을 삶의 안과 밖을 넘나드는 통로로 내준 무당은 소통의 주체를 상상하게 하는 시적 형상이기도 하다. 타인의 말 속에서 자기를 잃으면서도 타인의 말이 관통하는 몸, 타인의 말에 공명하는 몸으로 살아가는 무당은 다른 이들이 "저마다 지은 악업과 선업"에 대한 과보를 대신하기 위해 "겹겹의 투신"(「샤먼을 기다리는 시간」)마저 감행하는 존재이다. 자신의 몸과 마음에 대한 소유권을 접은 채 타인의 간절함을 제 몸으로 발화하는 무당에게서 시인은 타인의 말을 온전히 듣고 공명하는 소통의 가능성을 엿본 것인지도 모른다. 삶이 위태로운 자들의 말에 온몸으로 공명하는 무당이나 샤먼처럼 시인은 동일성의 자아를 벗어난 불완전한 쓰기의 주체가 되어 희미하고 낮은 소리에 귀를 기울인다. 말을 잃거나 말을 빼앗긴 자들, 아예 처음부터 말을 가져보지 못한 자들 앞에 낮고 평평한 귀를 연 채 "물고 뜯고 눈물 찍던 사연"(「서로」)을, "워우워우 목이 젖"(「개 아들 면회 가기」)은 울음소리를 듣는다. 권선희의 시는 구룡포의 수많은 이름만큼이나 많은 말들로 소란하다.

3

구룡포에서도 현실은 냉혹하고 약자의 삶은 위태롭다. "돈도 빽도 없는 사람"(「빈정거리는 자본」)일수록 강자의 먹

잇감이 되기 십상이다. 세상 어디나 그렇듯이 구룡포에도 억울하고 기막힌 일이 벌어지고 흉흉한 소문도 떠돈다. 살인 누명을 쓰고 "소년원부터 12년을 살"고 나온 외톨이 '관수'는 구룡포를 떠나 "개명하고 항구 옮기며"(「누명」) 사는 떠돌이가 되었고, 배달 밥집 운영해서 살 만해진 '만석씨'는 자신이 "업어 키운 동생 칼"(「웃는 사람」)을 맞고 세상을 떠났다. 가진 게 없는 사람일수록 삶이 순조로울 리도 공평할 리도 없다. 하지만 구룡포에서는 지켜야 할 도리가 있다. "너 죽고 나 죽자/머리채 잡고" "보복을 다짐하며 험담 나르다가도" '막례씨' 죽었다는 소식에 하던 일을 멈추는 곳이 구룡포이고, "절뚝이는" 몸으로 "이장님 승합차 타고"(「문상」) '막례씨' 배웅하러 가는 것이 구룡포의 도리이다.

구룡포 사람들을 한데로 결속하는 도리는 명문화된 법이나 규범 따위로는 설명되지 않는다. 한마디로 설명할 수는 없지만 일부러 배우지 않아도 삶과 죽음의 고비를 함께 넘나들다 보면 절로 체득하게 되는 삶의 자세라고 해두자. "세상에 오는 일도 숨지는 않고 죽자고 살아내는 일도 만만찮지만 돌아가는 거는 참말로 디요"라고 한탄하면서도 병든 영감의 마지막 삶을 지키는 노부(老婦)는 그렇게 하는 것이 "도리지 싶아가 침 맞으러"(「말년」) 왔다고 한다. 노부의 말처럼 다른 이의 목숨을 보살피며 삶의 공동체를 지탱하는 힘은 '도리'라고 말하는 삶의 감각에서 나온다. 자식을 위해서라면 "기르던 닭 모가지도 비틀"고 "후박나무 큰 가지에

흰토끼 매달고 단숨에 가죽 벗"(「못 할 짓」)기던 '엄마'가 메
뚜기를 먹지 않겠다며 단호하게 고개를 가로젓는 이유도 비
약과 모순마저 끌어안는 삶의 감각인 도리 때문이다.

　　난 안 먹어, 못 먹어
　　고 볼록한 것도 눈이라고 잡으려고 손 내밀면 어쩌는지
아냐
　　벼잎을 안고 뱅글뱅글 뒤로 돌아가 숨어
　　그래도 잡히겠다 싶으면 톡 떨어져 죽은 척을 해
　　살겠다고 용을 쓰는 거지 뭐야
　　다 늙은 것이 그 애처로운 몸짓을 어찌 먹나
　　못 할 짓이지
　　　　　　　　　　　　　　　　　　　　—「못 할 짓」 부분

　　산 짐승의 목숨을 빼앗아서라도 제 자식을 살려야 하는
어미로서의 도리와 "살겠다고 용을 쓰는" 메뚜기의 "애처로
운 몸짓"을 외면하지 않겠다는 인간으로서의 도리는 어쩐지
모순적이다. 그러나 "난 안 먹어, 못 먹어" 손사래 치는 늙은
'엄마'에게는 두가지 도리가 상충하지 않는 모양이다. 대체
'엄마'에게 도리란 무엇이겠는가? 추측해보건대 '엄마'가
지닌 삶의 감각, 즉 무엇이 옳은지 그른지를 판단하는 감각
의 근저에는 이 세계의 모든 존재들이 다른 목숨에 서로 기
대어 살고 있으며 인간도 마찬가지라는 생각이 자리잡고 있

는 듯하다. 인간은 다른 목숨을 짓밟으며 살아가는 잔인함을 개발과 발전이란 명목 아래 감추고 인간만의 힘으로 세계를 만들었다 여기지만 '엄마'의 믿음처럼 단 한순간도 인간이 다른 목숨에 기대지 않고 살았던 적은 없다. 피와 살로 이루어진 신체를 가진 '물것'처럼 인간 역시 다른 목숨으로 제 목숨을 연명하는 존재이다. 삶이 세계 안에서 가능한 것임을 생각한다면 세계를 구성하는 모든 목숨은 서로가 서로에게 엮이고 매듭 지어진 삶의 그물망 안에 있다는 것을 인정하지 않을 도리는 없다. 그리고 이것을 인정할 때 "못 할 짓"을 분별하는 윤리적 감각인 도리도 알게 된다. '나'와 다른 존재들의 삶과 죽음이 연결되어 있다는 상상은 보편적인 연민의 근원이고, 그러한 연민이 있을 때라야 모든 존재의 죽음 앞에서 "애처로운 몸짓"을 감지할 수 있게 마련이다.

"목숨으로 목숨을 연명하는 것들이 목숨에 대한 예의를 저버린 채 산다는 것"은 "죽음보다 더 끔찍한 것"(「살자고 하는 짓이」)이라고 직설하는 시인은 오래전부터 산 것들을 죽음으로 떠나보내는 '배웅의 자세'란 어떠해야 하는지 질문해왔다. "부레도 없는 인간"(「실종」, 『구룡포로 간다』)이 바다에서 실종되는 것을 목격할 수밖에 없는 혹독한 환경이 삶보다 무궁무진한 죽음에 대한 감각을 예각화했기 때문일 것이다. 이번 시집에서도 시인이 가장 날을 세우는 대목은 목숨이 목숨에 대한 예의를 저버렸을 때이다. 바다에 나갔다가 돌아오지 않는 어부들의 죽음에 대한 "보상 절차"에 슬픔이 생략되고 애도의 마음은 자본 앞에 무릎을 꿇은 "죽은 거래의 시간"(「빈정거리는 자본」)을 회고하면서 시인은 목숨에 값을 매기는 자본의 논리를 '죄'라고 명명한다.

참고래는 해양보호종이라는 이유로 폐기 판정이 났다. 위판 시 5억원 정도 수입을 예상했던 어민들은 아쉬움에 혀를 찼다. 돈이 될 수 없는 것, 골칫거리로 남은 고래가 누운 판장 너머 바다가 출렁였다.

(…)

포클레인 두대가 구덩이를 파고 고래를 묻었다. 쓰레기들 펄럭이는 광활한 매립장 어디에도 먼 옛날 아비였던 고래이거나 고래였던 아비에 대한 경배는 없다. 까마귀떼가 나부꼈다. 죽음마저 비웃으며 샤먼의 북채를 빼앗은 사람들은 고래 뼈를 추려 바다로 돌려보내지 않았다. 신과의 약속을 까맣게 잊은 물것들이 물것에게 또 죄를 짓고 돌아 나갔다.

—「배웅의 자세」 부분

자본이 점령한 세계에서는 살아 있는 목숨일지라도 "돈이 될 수 없"다면 "골칫거리"가 된다. 그런데 목숨을 사고파는 것이 죄인 줄 모르는 인간은 "먼 옛날 아비였던 고래"의 목숨을 저울질하고 몸통을 토막내어 마침내 쓰레기매립장에 버림으로써 "죽음마저 비웃"는 또다른 죄를 저지른다. 오직 자신만을 향한 연민에 사로잡힌 인간은 죽어가는 목숨의 애처로운 몸짓을 보지 못하고 "못 할 짓"이 무엇인지 감각하지 못한다. 죽음을 향해 가는 목숨에 대한 "배웅의 자세"마저 잊었을지언정 인간이 만든 법의 심판을 받지는 않겠지만 화자는 살아 있는 것들에 대한 연민과 죽음에 대한 예의를 잊은, 언젠가 심판받아야 할 인간의 죄를 기록한다.

삶과 마찬가지로 죽음 앞에서도 지켜야 할 도리가 있다. 시인이 인간의 죄와 함께 죽음에 대한 도리를 발견하는 곳도 구룡포이다. 한 어부가 잡은 '밍크고래'의 죽음은 "해양보호종이라는 이유로 폐기 판정"을 받아 두 동강 난 채 매립장으로 실려 간 참고래의 죽음과 대조를 이룬다. "빗나간 창끝에서 튀는 고래의 살점에 숨이 터억 막혔"던 어부는 "펄럭이는 마음 다잡"으며 마침내 "밍크고래 한 놈" 잡아 "오색 대어 만선기"(「고래잡이는 고래로 돌아가고」) 달고 구룡포에 돌아왔다. 그러나 마음이 기쁘지만은 않다. "부레가 터지도록 술을 마"시고 "무당 굿판"을 벌인 어부는 네 목숨으로 내 목숨을 연명한다는 고마움과 죄스러움이 뒤섞인 속죄와 애도의 시간을 보낸다. 그러고는 "죽자고 살아낸 평생이 한마리 고래였"음을 헤아려보며 자신의 목숨도 한마리 고래의 목숨과 다르지 않음을 받아들인다. 그리고 고래의 마지막 길을 배웅한다.

4

누군가는 구룡포에서 가난한 자들의 굴곡 많은 인생사를 듣게 될 테고, 또 누군가는 삶과 죽음에 값을 매기는 교활한 자본의 폭력을 엿볼 것이다. 하지만 구룡포에서 들려오는 말에 귀를 기울이다보면 목숨이 헐값에 넘어가거나 쓰레기가 되어 버려지는 와중에도 누군가의 목숨을 지키고 돌보는 깊고 뜨거운 마음이 구룡포를 지키고 있음을 알게 된다. 시인이 20여년 전 들어와 살게 된 이곳에 아직 머물면서 구룡포의 말을 받아 적는 것은 "끓는 속내와 솟구치는 부아"를 못 이겨 "세간 부수는" 아버지가 가족들에게 남겨두고 간 '간독'처럼 "참 깊고 어두운 속내"(「간독」)가 시인의 귀를 붙들기 때문이다. 시인은 한 목숨이 다른 목숨을 살려내는 신령한 주문과도 같은 말을 구룡포 해녀들에게서 엿듣는다. 물옷을 입고 바다에 몸을 던지는 해녀들은 물 위에선 숨을 쉬는 인간이지만 숨을 참고 물속을 유영할 땐 한마리 고래가 된다. 삶과 죽음의 경계를 아슬아슬하게 헤엄치는 해녀들은 그 자체로 경이롭지만 다른 목숨을 살려내는 순간에 경이는 절정을 맞이한다.

살아래이
살 거래이

118

가믄 안 된데이
살아야 한데이
춘자야 인나거라, 인나라, 인나라

숨을 놓는 동료에게 주문을 걸던 고래들이 생각났다
  주둥이로 힘껏 물 위로 차올려 몇번이고 분기공 띄우려
애쓰던 참돌고래들
  가라앉는 삶을 떠받치며 푸른 바다 검게 울던 물의 말
─「물의 말」부분

  물에서 정신을 잃은 해녀를 살리기 위해 울부짖는 해녀들
과 물속으로 가라앉는 고래의 분기공을 수면 위로 밀어 올
리려고 분투하는 고래들의 모습이 겹쳐진다. 이 시집에서
가장 아름다운 이 장면에서 들리는 "살아래이/살 거래이"라
는 외침은 유한한 존재의 운명을 돌파하고자 하는 힘이 삶
과 죽음의 경계에 육박하는 듯하다. "숨을 놓는" 고래를 "주
둥이로 힘껏 물 위로 차올"리는 고래들의 몸짓 또한 살아야
한다는 해녀들의 외침과 다르지 않다. 시인은 이 외침을 "푸
른 바다 검게 울던 물의 말"이라 일컫는데, 물속에서 서로의
목숨을 지키는 '검은' 고래나 '검은' 물옷을 입은 해녀를 비
유하는 이 표현은 모든 말의 최종 목적이 다른 존재를 향한
'살아 있으라'라는 요청임을 의미한다. 시인이 구룡포에서
지상과 바다에 살아 있는 모든 존재를 아우르는 목숨의 연

대와 운명 공동체를 발견할 수 있었던 까닭은 삶의 세계를 떠나는 자들을 향한 '살아 있으라'라는 뜨거운 요청과 배웅을 목격했기 때문일 것이다.

  권선희는 살아 있는 모든 것들의 말을 듣는 자이자 복원하는 자이다. 시인은 구룡포의 말을 받아 적으며 삶에 대한 도리를 배우고 죽음을 배웅하는 자세를 익힌다. 구룡포라는 목숨의 연대에는 인간 아닌 것까지도 평등한 목숨으로 셈해진다는 사실을 우리에게 전하기도 한다. 모든 목숨이 평등하다는 사실은 '인간적'이라는 성긴 그물로는 건져내기 어려운 얘기지만 시인의 믿음처럼 인간 역시 다른 목숨으로 제 목숨을 이어가는 의존적 존재라면, 서로의 삶과 죽음이 어느 지점에선가 연결되어 있으며 그 연결점들이 거대한 그물이 되어 서로를 떠받치고 있음을 부인할 수 없다. 그리고 이 사실은 우리가 평등한 존재여야만 하는 궁극적 이유이기도 하다. 구룡포는 살아 있는 모두를 향한 "물의 말"이 파도에 실려 오는 곳이다. 살아야 한데이. 인나거라. 살아 있는 모든 것을 향한 "물의 말"이 우리의 삶을 수평으로 결속시킨다.

張恩暎 | 문학평론가

바닷가 부족이 입을 달아주었다.
그 입으로 노래했다.

나이거나 너였던 풍파를 타며 살다가
이곳에서 저곳으로
이것에서 저것으로 건너가는 순정한 음절들
어쩔 수 없다.

사랑하고 말았다고
쓴다. 이제야.

2024년 6월
그래島에서
권선희

창비시선 505

푸른 바다 검게 울던 물의 말

초판 1쇄 발행 / 2024년 6월 28일

지은이 / 권선희
펴낸이 / 염종선
책임편집 / 김가희 오윤 박문수
조판 / 박지현
펴낸곳 / (주)창비
등록 / 1986년 8월 5일 제85호
주소 / 10881 경기도 파주시 회동길 184
전화 / 031-955-3333
팩시밀리 / 영업 031-955-3399 편집 031-955-3400
홈페이지 / www.changbi.com
전자우편 / lit@changbi.com

ⓒ 권선희 2024
ISBN 978-89-364-2505-0 03810